Wベッドに戻る旅

陽向ひとみ
HINATA Hitomi

文芸社

目次

第一章　シングルベッド

出会い

昭和四十八年の春、私は、大学進学のために希望を胸に上京した。町田近くの大学の寮に入居し、同じ敷地内の校舎に通った。学部は法学部、クラブは落研に入った。それまで、十八年間、水戸を離れて生活したことがなかったので、不安と期待でいっぱいだった、でも輝いていた。そして、そこで、色々な人に出会った。同じクラスで、同じ落研に入部した一人の男性、その人から、誕生日に、日記帳のような白い分厚いノートを頂いた。そして、「ひとみちゃん、これに、君の人生を書いてほしい。そして書き終わったら、僕に見せてね」と、言われた。寿限無、寿限無、胸が熱くなった。

十八歳の女の子にふさわしい大学生活が始まった。でも、その人が今の夫ではない。好きだったけど……。

また、尊敬できる教授とも出会った。専門は刑事訴訟法で、その教授の授業が、楽しみだった。T高等裁判所の裁判長を勤めた方で、この教授のゼミを取った。「裁判官は、裁判の時、自分の感情を入れてはいけない。でも、私は事件によっては、涙を流してしまうことが何度かあった」それでも教授は、それらの事件について話して下さった。話を聞いて、自分も涙した。素敵な方だった。自分の裁判記録のような随筆集をいただいた。つわりのまっただ中だったので、ゼミの旅行に行けなかったことが残念だった。もっと教授と、親しくなりたかった。

秋になり、文化祭では教室に高座が組まれ、私は着物を着て、二人羽織で出演した。落語はまだ何も覚えていなかったけど、楽しかった。若さゆえにすべてが輝いていた。

そんな私に、写真部の先輩が「写真を撮ってあげるから、そこに立って」と言った。ポーズをとって壁の前に立つと、見知らぬ男性が、突然、私の隣に走り寄ってきて立

夫と初めて出会った時

ち、いっしょに写真に収まっていた。いったいこの人、何者なのと思った男性、それが今の夫である。あれから四十八年の月日が流れた。

文化祭が終わると後夜祭。校庭にフォークダンスの輪ができ、彼が私の手を取って輪の中へ——。握った手も、握られた手も熱かった。

分校での文化祭が終わると、本校での文化祭。分校から約一時間、電車に乗って本校へ。二階の教室に高座が組まれていた。そして細々しく働いている男性が、あの、謎の人だった。まだ名前も知らない。私の高座名は花蝶亭ひとみ。文化祭が終わり、いっしょに帰ることになったが、途中まで同じ電車だった。

別れる時、彼が「ひとみちゃん、おやすみ」と、世界一の笑顔で微笑んでくれた。その瞬間、不思議な現象が――。彼だけが、カラーで、周りの世界は、白黒になった。

そうこうしているうちに年が明け、私も、もうすぐ二年生になろうとしていた。東京生活にも、少しずつなれてきた。二年生になる前に、寮生の多くは寮を出て、アパート生活になる。二年から、授業は本校で受けるので、小田急線沿いに部屋を探す。本校は小田急線の駅から近かった。それに、寮生活は若い女の子にとって厳しかった。門限は早く、規則も息が詰まりそうだった。私も門限に遅れた時、トイレ掃除を一週間仰せつかった。これじゃ、デートもできない。四人部屋だったが、同じ部屋の子達が一人、また一人といなくなり、私が最後になった。

私もアパート探しを始め、友達に声をかけた。不動産屋さんなど、生まれてから一度も入ったことがなく、不安だった。友達が、小田急線沿いにいくつか見つけてくれて、見に行った。日の当たらない部屋もあって、こんな所に一人で住むのは寂しいなと思った。

彼も探してくれた。私は小田急線沿いと思っていたが、彼は京王線の新宿から二つ目の幡ヶ谷に見つけてくれた。幡ヶ谷はもちろん、京王線など名前も知らなかった。四畳半一間、一間の押し入れ、半間の台所、共同トイレ……。でも日当たりは良く、明るかったので気に入った。

引っ越しも彼がすべてしてくれた。窓に大好きなピンクのチェックのカーテンを付けてくれた。なんて頼りになる人なんだろう。弟しかいない私は、お兄ちゃんがほしかったので、二つ年上のお兄ちゃんができたようでうれしかった。

とうとう東京での憧れの一人暮らしが始まる。

それから、三日にあげず彼が訪ねてくるようになった。彼は、私のアパートから歩いて二十分位の所にアパートを借りていた。ある時から手土産を持ってきてくれるようになった。すみれの花束。これは、何度も持ってきてくれた。たまには、バラがほしかったけど。ある時は納豆巻き。これは初めて食べた。モンブランを買ってきてくれた時は、なぜか一コだった。一人で食べるわけにもいかないので、紅茶を入れてケーキをお皿にのせて出すと、半分にせずに、一人で一コ、ペロリと食べてしまった。一口もくれなかった。いったい、この人何なの。

そんな彼が、ある日突然、夜更けに訪れた。何なのか尋ねると、隣の部屋の友達がどうのこうのと言っていた。明日は日曜、昼ごろ近く目覚め、近くのラーメン屋さんで二人で五目そばを食べて、さよならした。太陽がやけに眩しかった。

その日から、今度は二人で住むアパートを探した。私のアパートと、彼のアパートの中間位の所に見つかった。六畳一間だけど、一間のステンレスの流しとトイレがあって、玄関もあった。朝、二人で学校に行く。彼は、髪をセットするのが上手で、毎朝してくれた。友達に「とても素敵ね。朝早くから、どこの美容室に行ってくるの」と言われた。夕方、帰ると、二人で近くのスーパーで買い物をし、私は、夕食を作る。食べ終ったら、二人で近くのお風呂屋さんへ。赤い手拭いのマフラーはしなかったけど、神田川の世界だった。お風呂を出たら、帰り道にある焼き鳥屋さんで、焼き鳥を食べ、彼は、冷たいビールを、おいしそうに飲み干す。めくるめく愛の日々に、私は酔った。ただあなたのやさしさが、怖かった。彼は、ただ、ただ、やさしかった。夢のようだった。

でも、ふと夢から覚めると、息苦しさを覚えた。ほぼ、彼とだけの生活、友達と夜、遊びに行くこともできない。外食が、あまり好きではない人なので、夕食までには帰らなくてはならない。それに、私が、一人で外出することも好まなかった。自分の予定が、自分で決められない。私の外への扉が、一つ一つ閉じられていった。そんな時、日記をくれた男性に、校庭の隅にあるベンチに誘われた。

「ひとみちゃん、別れたほうがいい。君の良いところが、どんどんなくなっちゃうよ」

授業も休みがち、落研にも顔を出さなくなっていた。自分の心の中を覗かれたような気がした。でも、私のことをそこまで心配してくれるなら「別れたほうがいい」の次の一言がほしかった。そうしたら私の人生変わっていたかも。家に帰り、彼の顔を見ながら思った。この人も私が過去に好きになった人達と同じように、私の青春を彩った人の一人になるのだろうか。この人と別れて水戸に帰り、まだ見ぬ人と結婚するのだろうか。この人を思い出さないだろうか。踏ん切りがつかなかった。

彼は、私が一人で外出することを、あまり好まなかったが、私は色々なことに興味を持って、ゴムマリのようにどこへでもポンポン飛んでいく少女だった。

小学生の時には書道を習い、段を取った。展覧会に出したら銀賞を頂き、上野の博物館に展示された。将来は習字の先生もいいなと思っていた。

小中学校と演劇部に入部していて女優にもなりたかった。他の人を演じることに喜びを感じた。中学の時にはベトナムの少女とアメリカ兵の恋物語を書いて、顧問の先生に見てもらった。上演には至らなかったが、どうしても演劇の世界へ進みたかった。大学の時に、アングラ劇団の団員だった友達がいて、劇団の人に紹介してもらい入団したかったが、彼の反対で断念した。

法学部を選んだのは、弱い立場の人を助けたいという正義感からだったが、おろかな夢だった。司法試験のレベルの高ささえ知らなかった。また、教師にもなりたくて教職もとったが、これは近い将来の喜びゆえに、あきらめなければならなかった。

そんなこんなで揺れていた時、クラスの男性から、手紙をもらった。私は、彼の止めるのを振り切って、待ち合わせの場所へと電車に飛び乗った。そして戻ると、幡ヶ谷の駅の改札口の向こう側に、彼がいた。少し悪かったと思ったが、私は、自分を取り戻すきっかけを探していた。

心に刻まれた文字

そうこうしているうちに夏休みが来て、私の友達二人と、彼の友達二人、私と彼、六人で北海道旅行へ行く話がもちあがった。しかし行く直前に、私の友達二人が、キャンセルして、彼の友達二人と、私と彼の四人で行くことになった。上野発の寝台列車に乗り、青森まで行き、青函連絡船で函館に渡った。そして、列車で、襟裳岬の近くの駅に、そこで初めて、野宿を経験した。駅の脇に俵が積み重ねてあった。そこに、ユースホステルで使うシーツを敷いて寝た。気持ちが悪く、なかなか寝付けなかったが、彼がずっと、腕枕をして抱きしめていてくれたので、ロミジュリのベッドのようだった。長旅の疲れもあっていつしかぐっすり眠りについて、目が覚めたら朝だった。

バスに乗って、襟裳岬に向かった。本当に何もなかった。彼は、水が変わると、お腹を壊す人で、トイレを探して、走り回った。やっと工事現場の仮設トイレを見つけ、用を足した。次に斜里のユースホステルへ向かった。ユースホステルで食事を終えると、彼に誘われて、二人で夜の海岸へ。月明かりがきれいだった。波が揺れていた。私の心も揺れていた。

思わず、私の口から出た言葉は「別れましょう」。すると彼は、砂浜に、文字を書いた。

「だまって、おれについてこい」

私の心の波は鎮まった。

この人についていこう。彼に抱きついた。彼はやさしくキスしてくれた。砂浜の文字は打ち寄せる波で消えたが、私の心に刻み込まれた文字は、五十年近く経った今も、はっきりと見える。

次の日、ヒッチハイクで網走へ。健さんシリーズが好きだった私には興味深かった。その日は彼の友人の家に一泊した。夜は、川の流れの傍での夏祭りを見に行った。

真っ暗闇の中で川のせせらぎと、明々と燃える炎の中での祭り。幻想的だった。次の日の朝、朝食に納豆が出た。水戸で生まれ育った私は納豆が大好きで、辛子を入れたり、干し大根を入れてそぼろ納豆にしたり、ねぎを入れたり、梅干しを入れたり、色々な食べ方をした。でも、びっくりした。納豆に、白砂糖がかかっていた。これは生まれて初めてだった。気持ち悪く感じたが、食べてみると、これが意外とおいしく、家に帰ってからも、たびたびやってみた。

食事を終えてから、彼の友人と、やさしく、北海道の空のように澄んだ笑顔の御両親とさよならした。そこからは、彼の友人と別行動をとって、アイヌの民族村のような所へ行き、木彫のネックレスとターバンのような髪飾りを買ってもらった。ネックレスの木彫の部分の後ろには、二人のイニシャルを彫ってもらった。

それから摩周湖へと向かった。摩周湖までのバスは満員御礼で、ずっと立ち通しだった。こういう時、彼は必ず後ろから支えてくれる。でもその時、私の耳は、後ろから聞こえる静かなメロディーを拾った。

「霧に抱かれて、静かに眠る」

素敵な声だった。レコード大賞をあげたかった。カラオケが流行し、彼の歌は何度も聴いたが、この時ほど心に響いた歌はなかった。

それから札幌に行き、味噌ラーメンと鮭の凍った刺身「ルイベ」を食べ、次の日、北海道大学や時計台を見学して、帰路についた。

函館から船に乗って、青森に渡る。そこから東北線で、彼は福島の実家へ、私は郡山まで乗って水郡線に乗り換え、水戸の実家へ帰るはずだった。だが、彼が、「今日、水戸まで帰るのは、疲れるから、家に一泊して、明日帰ったら」と言った。でも、私にも少し勇気がいった。彼の家族に初めて会うのだ。嫌われたら、どうしよう。

しかし、彼の母親に会った時、すべての不安は、消え去った。

「よく来た。よく来た。めんこい、めんこい」

幼い時からかわいがってくれた親族に会ったようだった。その時の満面の笑みは、今も忘れられない。その大らかさは、東北人ゆえか。私の母にはないものだった。たとえ彼と別れても、この人とだけは別れたくない。今は九十五歳になり、弱って、長男夫婦と住んでいるが、年に一、二度帰ると、「ひとみ、ひとみ」と喜んでくれる。

おかしなことを言ったり、物忘れが激しくなってきたようだが、私のことを、忘れないでいてくれることが、うれしい。福島は、お母さんそのものだ。
次の日、彼と彼の家族にサヨナラして、水戸に帰った。
夏休みが終わるまで、少しの間のお別れ。当時はスマホもガラケーもなかったので、家電と手紙で連絡をとった。私は、額田王や、与謝野晶子の歌が大好きだ。それで、手紙に晶子の歌を綴った。

いとせめて、燃えるがままに、燃えしめよ　かくぞ覚える　暮れてゆく春

鉄幹で返してほしかった。

ひとみちゃん　○月○日に会いに行きますから楽しみに待っててね。

彼は三行書くのに三十分かかる人だった。そして、これが最初で最後の手紙である。

結婚指輪

そうこうしているうちに、夏休みも終わり、幡ヶ谷生活に戻った。

洗濯機を買った。二槽式が主流だった時代である。それまでは、一週間分の洗濯物を大きなビニール袋に入れてコインランドリーに行っていたが、また時間がたってから取りに行くのも大変だった。洗濯機を買ってもらって、とてもうれしかった。洗濯機の中で、洗濯物が回るのがおもしろくって、ずっと見ていた。私は、実家にいる時は洗濯など一度もしたことはなかった。母と祖母と叔母がいたので、私の出る幕はなかった。

すると彼が、「ひとみちゃん、洗濯機は、見張っていなくても、一人で仕事してくれるから、大丈夫だよ」と言った。私は、あらそうかと思い、食事の支度に取りかかった。

二学期が始まり、季節は、秋になった。校舎に向かう通路は、銀杏の枯れ葉で、黄金色の絨毯を敷き詰めたようだった。そこを踏んで、校舎に向かう時、お姫様になった気分だった。私の一番好きな季節がやってきた。

そんなある日、授業を終えて法学部の校舎の階段を下りようとした時、隣の経済学部の校舎から彼が走ってきて、階段を駆け上ってきた。そして、私に、突然、小さな紙包みを差し出した。

「ひとみちゃん、これ」

開けてみると、その秋の流行色の、少し茶色っぽい口紅だった。私の大好きな、深緑のセーターによく似合った。どんな顔して買ったのかと思うと、笑みがでた。ものすごくうれしかった。これが、彼からもらったプレゼントで、三番目にうれしかったものである。

恒例の文化祭が終わると、季節は冬へと向かう。冬休みは、それぞれの実家へ帰る。私は着物を着て、新日本髪を結った。彼が遊びに来て、「かわいい」と言ってくれた。

年が明けたので、今年、私は、三年生になる。二月は、学期末試験、これをクリアーしなければ、三年生になれない。二人共、この時とばかり無我夢中で勉強する。

日頃から勉強しとけばよいものを。何とかパスして春休みに。三月のうららかな春の日差しが、部屋の中まで、入ってきた。窓を背に二人で座っていた。背中が、ほんわり暖かかった。すると突然、私の肩を抱いていた彼が、耳元で囁いた。

「ひとみちゃん、結婚しようか」

なんの心の準備も、できていなかった。それで、私の口から出た返事が、「お母さんに、聞いてみる」。

私は、まだ未成年だった。花の中でも、一番好きな花、桜の季節に、プロポーズされた。それから、三年生になった四月の十八日に籍を入れて、正式に夫婦になった。

落研の先輩達にも、カップルが何組かあった。きっと卒業したら結婚するのだろうなと思っていた。でも、卒業するとそれぞれの郷里に帰っていった。すごくむなしかった。だから、何かほっとした暖かな気持ちと、この人と、いったいどの位いっしょにいるんだろうと思った。世の中は離婚ブームだったからだ。

しかし、その時から、四十六年が、経った。そして、今でも、時々、けんかもするけど、ラブラブだ。はずかしげもなく、「愛している」と言ってくれる。

夫が、駅前の時計屋さんで結婚指輪を買ってくれた。ほしいとも思っていなかった。でも、この指輪に助けられた。お金がなく、夕食が食べられない時、指輪が何度、質屋さんに行ってくれたことか。

東京に来て、初めて質屋というものを知った。千円を借りて、近くのラーメン屋さんで食事をしても、おつりが来た。そんな時代だった。質草が流れる前には、夫は必ず買い戻してくれた。

第二章　Wベッド

あなたへ、ありがとう

季節は、夏へと移り変わった。夏休みに入り、私は、水戸の実家に帰った。来年、母校の中学で、教育実習を行なうための手続きのためだった。十年位ぶりに、母校に行き懐かしい先生とも、会うことができ、手続きを済まして、幡ヶ谷に戻った。

この夏休み、私は、とても楽しみにしていたことがあった。ゼミの一泊の旅行だった。大好きな教授と、教壇からではなく、膝を交えて話ができる。しかし、参加できなかった。これまで経験したことのないような体調の異変を感じた。何も食べたくない。氷だけをなめていた。ご飯の炊ける匂いが、特に気持ち悪く、ラーメンのコマーシャルを見ただけで吐き気がした。冷たい物を飲み過ぎて、胃を悪くしたのかなと思い、医者に行った。

病気ではなかった。私の身体の奥底の、深い、深い所で、新しい命が芽生えていた。子供は大好きだった。いとこの中で一番上だったので、小さないとこを家に連れてきて泊めたり、遊びに連れていったりしていた。自分の子供ができたら、どんなにかわいいだろうと思っていた。

喜びが湧いてきた。でも、そのすぐ後に、どうしようと、頭の中がパニック状態になった。

母親になる心の準備は、できていない。結婚はしたものの、その先にある妊娠までは、考えていなかった。まだ子供だった。結婚は、ただ楽しいもので、まだ色々なことに挑戦したかった。私が二十歳、夫は二十二歳だった。夫は四年生で、これから就職活動に入る。お金もなく、働く所も決まっていない。不安だった。

でも、夫は違っていた。子供が生まれるころには、夫は卒業して社会人になる。毎日いっしょにいられなくなる。携帯などない時代、連絡をとる唯一の方法は家電である。昔は、家に電話を引くのは、高かった。それに夫は、生まれてくる子を、銭湯には連れていきたくないので、風呂つきのアパートに移ろうと言った。

東京で風呂つきのアパート。どこにそんなお金が？　夫は、すべての費用を賄うために、東京湾に潜った。アクアラインを造る工事だった。飯場とかいうところに一ヶ月間、寝泊まりした。

でも、私は一ヶ月間、不安だった。アパートに一人で、つわりと戦い、夫の帰りを待った。何十年か後に、母と子供達を連れて海ほたるに行った。感無量だった。

お金を手にして夫が帰ってきた。涙が止まらないほどうれしかった。

私は、恋多き少女だった。日記をくれた男性にも、まだ心をひかれていたし、ゼミの中にも、いいなと思っている人がいて、ゼミの旅行で親しくなりたかった。

でも、夫がアクアラインから帰ってきた時、私の心は、揺るぎないものとなった。この人だけを愛し、ついていこう。ここまでやってくれる人はいない。私と、生まれてくる子供のために、二十二歳の若者が、逃げだしたくなる状況の中で、逃げださずに、やったこともない仕事を、工事現場の人達といっしょになって一ヶ月も働いてきた。

「ありがとう敏」

長女の誕生

そして、今度は、またアパート探しが、始まった。玉電の松陰神社前駅のすぐ近くに見つかった。学校に歩いていける距離だった。今度は六畳と四畳半の二間に、風呂がついていた。

私のお腹も、大きくなってきた。そして、夫の働き先が決まった。会計事務所だった。玉電で下高井戸まで行き、井の頭線で吉祥寺で降りる。そして、夫は、卒業した。毎日、授業の時以外、ほぼいっしょにいたのに、夕方まで帰ってこない。寂しかった。五時過ぎの玉電の「カンカン」という音が、待ち遠しかった。

それまでは、買い物もいっしょに行っていたが、一人で買い物かごを提げて近くの八百屋さんや魚屋さんに行った。そして、夕食を作り、夫の帰りを待つ。学生であっても、平凡な主婦の日常だった。近くに、初老の男の人がやっている焼き鳥屋さんがあって、酒の肴は、焼き鳥と、色々な種類の缶詰めだった。時々、二人で食べに行った。

私のお腹もせり出してきて、月に二回、杉並区の産婦人科へ、定期健診に行く。夫は必ずついてきてくれた。歩道橋を上がる時は、後ろから支えてくれた。この人といたら、絶対に安心だと思った。

そうこうしているうちに、昭和五十一年七月二日、私は帝王切開で長女を出産した。三五五〇グラムもあった女の子で、「普通分娩だったら、大変だったね」と言われた。帝王切開は、後がひどかった。子宮の収縮にともなって傷が動く。半端でない痛さだった。痛み止めを打ってもらって、少し眠る。切れると、歯をくいしばって耐えた。

夜が明け、昼前に夫が来てくれた。紙包みを手にしていた。そして私に、「ひとみちゃん、僕の子供を産んでくれてありがとう」と言って、紙包みを渡してくれた。開けてみると、金色のうずまき模様のイヤリングだった。最高にうれしかった。そして「ありがとう」という言葉で痛みもやわらいだ。

この出産で私は、教職をあきらめなければならなかった。教育実習に行けなかったからである。でも、世界中のすべての宝に勝るプレゼントを、私は、夫からいただいた。

「ありがとう、あなた」

それからも、夫には、金のネックレスや、プラチナ、ダイヤの指輪、真珠のネックレスなどプレゼントされたが、プレゼントに順位をつけると、ナンバー3は口紅。ナンバー2は、イミテーションの金のイヤリング。そして、栄えあるナンバー1は、私の乳房をひっしになって吸っている、生きたお人形さんだった。抱っこして近くの八百屋さんに行ったら、おかみさんが「まあ、お人形さんが動いた」と、びっくりされた。

しかし悲しいことに、長女は僧帽弁閉鎖不全という病気をかかえて生まれてきた。こんなにかわいらしく生まれてきたのに、涙が止まらなかった。ちょうど、私の妊娠中に、風疹が流行し、私も高熱を出して寝込んだ。

「ごめんね」

それしか言葉が出なかった。この子を、命がけで守らなければ。母性本能が二〇〇パーセントに、跳ね上がった。

名前は、マミと名付けた。私は夫が帰ってくるまで、一歩も外へ出られなかった。クーラーもない時代、暑い部屋の中で、唯々、夫の帰りを待った。娘があまりにも静だと、息をしているかと、鼻の上に手をかざす。便秘もさせてはいけない。ミルクを飲むのにも時間がかかる。そして、あまり飲まない。体重は、生まれた時より、減ってしまった。友達も、夏休みで、皆、実家に帰ってしまった。

私は、この状況に耐えられなくなっていった。もうノイローゼ状態だった。

私は弟を呼んで、水戸に帰ることにした。弟と二人、一ヶ月ちょっとの娘を抱いて、上野駅のホームのベンチで、水戸行きの特急電車を待っていた。この先、どうなるのか、見当もつかなかった。でも、水戸に帰ると、ほっと安心した。二十一歳になったばかりの学生が、近所に、誰一人知り合いもいない所で、心臓病の娘をかかえておかしくならないわけがない。それに加えて卒業まで、まだ八ヶ月、学校に通わなければならなかったが、学校に行っている間、長女を見てくれるはずだった託児所に、心臓が悪いという理由で断られてしまった。八方塞がりだった。

夫も、後から水戸に来て、今度は水戸でのアパート探しだった。実家から歩いて十分位の所に、新築のアパートが見つかった。六畳二間に、六畳の台所、お風呂にトイレ、住みやすそうなきれいなアパートだった。東京と比べたら家賃も安く、やっと落ちついた。夫の仕事も見つかり、水戸での生活がスタートした。

父は娘を見ると、涙を流して喜んでくれた。

女性は短大に行く人が多かった時代、父も「家から通える短大に」と言っていた。それを押し切って、四大に行かせてもらった。そして毎月遅れることなく送金してくれて、足りなくなって電話すると、母に、「ひとみは、一人東京で、かわいそうだから」と言って、すぐにお金を送ってくれた父。父の字で書かれた現金書留封筒。お世辞にも上手とはいえない。私は、自分勝手に結婚して、子供を産んで帰ってきた。なんて親不孝な娘なんだろう。それなのに、父は自身の生涯中、一度も私を責めなかった。

「お父ちゃん、ありがとう。そして、ごめんなさい」

私は、父に溺愛されて育った。父は、私の小学校の修学旅行についてきた。「東京は車も多く、あぶないから」と言って、国会議事堂の前の交差点で、六年生全員が渡り終わるまで交通整理をしていた。その父の姿は、今でも脳裏から離れない。

父は一度も、「お金がない」と言ったことがない。「お父ちゃん、お金ちょうだい」と言うと、「今、細かいのがないから、明日、こわしてきたらあげるよ」と言った。大きくなってからわかったことだが、父は畳屋で日銭が入ることがある。仕事が終わると、その日に払ってくれるお客さんがいたからだ。それでも、子供に「今日は、お金がない」とは言いたくなかったのだ。それなのに、母親は「細かいのがないなら、こわしてあげるよ」と言う。「お母ちゃん、それを言っちゃおしまいだよ」と、父は心の中で苦笑していたかもしれない。

また、吉展ちゃん事件があったころで、私のことを心配して、毎日、自転車で、学校まで迎えに来てくれた。すると、またもや母親が、「貧乏人の娘なんか、誘拐する人なんて誰もいないよ」と言う。

確かに私は、いわゆる長屋という所に住んでいた。私の家の内壁が隣の家の外壁なので、雨の降る日は、家の中で滝見物ができる。そのことを娘達に話すと、「すごいね。ママは滝川渓谷に住んでいたんだね」と言ってくれた。

父親のおかげで、自分は貧乏長屋の娘だと思わず、心豊かに成長した。テレビのない時代、宮本武蔵や赤穂浪士の話を、夕飯が終わった後に語ってくれた。それがとても楽しみだった。赤穂浪士といえば、昔、討ち入りの日には、テレビで関連ドラマや番組を放映していた。でも、このごろは、十二月十四日に放映されていない。残念。

酒もタバコもやらず、高校野球と甘い物でお茶を飲むのが好きだった父。高校野球といえば、私は幼いころ、父に連れられて近くの高校のグラウンドで遊んだ。父は、野球の練習から見学していた。ファン代表で新聞に載ったこともあった。練習を見学した帰りは、ラーメンやいちごのかき氷をごちそうしてくれた。氷が落ちないように、ばんそうこうだらけの手で、ギューと固めてくれた。今でも、夏になって、いちごのかき氷を見るとウルルンする。

お父ちゃん、本当にありがとう。

私は、まだ大学生活が残っていた。でも四年生なので週に二日通えば良かった。水戸から上野まで、常磐線の鈍行で通った。朝、五時に起きて始発に乗り、帰りは十一時ごろになった。水戸より一つ手前の赤塚駅で降りると、夫がバイクで迎えに来ていた。バイクの後ろにまたがって家に帰った。娘は、母ともう眠っていた。娘と一日会えないのは淋しかった。

試験の時は、近くの旅館に泊まった。卒論もなんとか書き終え、昭和五十二年三月に、卒業することができた。どんなに大変でも卒業することが、せめてもの父への恩返しだ。それと長女を産んだことも、後になってみれば、皆に「親孝行だったね」と言われた。

水戸では、仕事をするにも車がなければならなかった。父は援助してくれたが、私も近くの保育園に娘を預けて、スーパーの魚屋で働いた。娘は一年に一度、東京のK病院で診察を受けることになった。

命

親子三人の、平凡な水戸での生活が始まった。

しかし、それもつかの間だった。夫が会社から帰宅途中、後ろから来た車に追突されて、いわゆるむち打ちになって、近くの整形外科に入院した。私は仕事が終わると、自転車で娘を迎えに行き、夫の病院へ行く。娘と二人の生活が始まった。寂しがっている暇はない。疲れて、夜は死んだように眠った。

父は心配して、毎日アパートに来てくれた。夫が、「ビールが飲みたい」の「ビ」を言っただけで自転車にまたがり、ビールを買ってきてくれた。自分は飲まないのに。

そんな父が体調を崩した。食欲がなくなってきた。高校野球をこよなく愛し、砂糖会社の社長になりたかったというほど甘い物が好きな父。みそまんを美味しそうに食べていた。私は、これなら食べられるだろうと思って、あんパンの美味しいパン屋さんで、あんパンを買ってきた。父は喜んで食べてくれた。「ああ、良かった」と胸をなでおろした。

でも、そのうち、食べた物を吐くようになった。母と私は病院へ行くようにすすめたが、父は昔の人で、なかなか医者にいかない。調子が悪くなったのがお盆前だったのも悪かった。この時期、畳屋はとても忙しい。私は、父とけんかをする勢いで、医者に行くようにすすめた。父も、とうとう折れて、行ってくれた。

十二指腸潰瘍との診断がくだり、近くの胃腸科外科に入院した。私はパートの仕事が終わると、長女を保育園に迎えに行き、夫の病院、父の病院と、病院の梯子をしてアパートに帰るという日々が続き、身も心もクタクタになった。そんな生活が一週間位続いたある日、夫の病院から父の病院へ行くと、弟が病室の前の廊下で、うつむいて立っていた。近づくと涙を流していた。

「どうしたの、何かあったの」

返ってきた弟の言葉に、私の身体には雷が落ち、抱いていた娘を落としそうになった。

「お姉ちゃん、お父ちゃん、胃がんなんだって」

私は、その場に崩れ落ちた。がんイコール死という時代だった。

父の凄絶な闘病生活が始まった。入院した病院で手術をしたが、進行性の胃がんで、すでに肝臓に転移していた。手遅れだった。医者から「余命一年」と言われた。

でも、一ヶ月位で退院すると元気になり、治ったのかなと思った。九月半ばに手術をして、十月半ばには家で一人で、過ごすこともできるようになった。母も、父の看病で休んでいた会社に行き始めた。

父は笑顔で「春のころ、暖かくなったら、自転車に乗ってグラウンドに行けるかな」と言う。私も笑顔で「絶対行けるよ」と言う。

この時間を、この父を、絶対に取り去らないで、神様。

年末年始も元気だった。私の作る豆きんとん、栗きんとん、羊かんを美味しそうに頬ばる。うれしかった。

でも、「自転車に」と言っていた春ごろから、容態が悪化した。それからは、坂道を転げ落ちるようだった。

食べ物が入らなくなってきた。また、痛みも出てきた。しかし、もともと我慢強い人なので、あまりさわがない。また、本人はがんだとは思っていないので、痛みは整形的なものだと思い、「整形外科に連れていってほしい」と言った。当時は、本人にがんを、告知しない時代だった。

私は、仕事が終わると娘を迎えに行き、父と娘を連れて、タクシーで整形外科に行った。そして事情を話し、痛み止めの注射を打ってもらった。父のやせ細った後ろ姿に、涙が止めどなく流れ落ちた。

季節は夏へと変わり、父の容態は、悪化の一途をたどった。

そして、とうとうその時が来てしまった。お医者さんが、「会いたい人を呼ぶように」と言った。父の兄弟達が集まった。折しも、父の大好きな高校が地方大会決勝戦まで駒を進めて、近くのグラウンドから、その様子が聞こえてきた。父は虫の息だったが、集まった兄弟達に「忙しいのに、集まってもらって悪いな」と言った。

「何を言っているの、お父ちゃん。あなたは、七人兄弟の長男で、小学生のころから、新聞配達をして家計を助けたんじゃないの」と、心の中で叫んだ。

父は勉強が好きで上の学校に行きたかったが、小学校を卒業すると祖父と共に畳職人として働いた。そのおかげで、高校、大学まで進んだ兄弟もいた。私には、「いつかきっと夜間高校に入るんだ」と言っていた。でも、私が大学に進学し、お金がかかり、その夢は夢に終わった。

医学書はおろか、六法全書、聖書まで読んだ人だった。子煩悩で、ちり紙などあまりない時代、私が鼻水を流すと口ですすってくれた。硬い紙で拭くと鼻が痛くなるからだ。私の鼻水だけでない。父は、近所中の子供達が青っぱなを流しているのを見ると、すすっていた。私は正直、汚いと思った。でも、大人になって私は、父に何か崇高さを感じた。背丈は母より十センチも低くて、百五十センチあるかないか、それでも私には、とても大きく見えた。

「夏休みは、休むためのものだから、勉強なんかしなくてもいい」

父は、冬休みもそう言っていた。私も子供達にそう言って、宿題は最後の一週間、私がねじり鉢巻きで手伝った。

父の残された時間は少ない。アナウンスで、父の大好きだった、また父の一番下の弟が卒業した高校が勝利し、甲子園出場が決まった。きっと自分も行きたかった高校だったんだろう。優勝のアナウンスを聞きながら、父は静かに息を引き取った。

昭和五十四年七月二十五日、五十六歳。

当時は、「お父ちゃん、あなたの人生は何だったの。我慢ばかりで、好きなこともできずに終わってしまった」と思った。しかし、今は違う。父は、我慢などしていなかったのだ。自分の利を求めず、他の人の喜ぶのを見て、喜ぶ、お金もうけなど考えず、あるもので満足し、家族が幸福であればいい。自分は何一つぜいたくなどしないが、私には、いつも、できるかぎりの良い物を与えてくれた。五十六歳の短い人生だったけど、闇雲に働くわけでなく、大好きな高校野球を楽しみ、子供と密な時間を取って喜び、大好きな甘い物とお茶で、カフェタイムを味わう。父は、人生を、駆け足ではなく、ゆっくりと、周りの景色を眺めながら歩いたのだ。

「お父ちゃん、ありがとう、そしてご苦労さま」

私は、世界中の人と会ったわけではないが、未だかつて、父のような正直で善良な人に会ったことがない。私は、父の娘に生まれ、父の遺伝子を受け継いだことを誇りに思う。

しばらく、何も手に付かなかったが、娘がいたことが幸いだった。私が東京から娘を抱いて帰ってきた時、怒るどころか、娘を抱いて、涙を流して喜んでくれた父。私が夕食の準備をするころには、仕事から帰ってきて、疲れているのに、娘を自転車の前に乗せて近くの公園に遊びに連れていってくれた。また、娘には月誕生日という日があって、毎月二日にはオモチャを買ってってくれた。娘の身体のこともとても心配していた。父の飛び切りの笑顔で、娘に頬ずりしている様子が、忘れられない。

「お父ちゃん、私、この子を、元気な子に育てるからね」

娘は今、二人の子の母親で、長男は大学一年生になった。

父は、母と、祖母、そして、お嫁に行かなかった自分の妹、私の叔母を残した。そのお世話もしなければならない。祖母は八十代後半だった。

叔母は身体があまり丈夫ではなく、私が四十七歳の時、父と同じ胃がんで亡くなった。とても素敵な人だった。絵画、音楽、書道、若いころ銀行員で、そろばんは二級だった。

私は、幼いころ、この叔母の胸に抱かれて眠った。モーセの話や、ハンセン病になった人の辛さ、自分が見た空襲の悲惨さ、奴隷解放などを聞きながら眠りにつく。また、私を小学校に行く前に、オーケストラや、オペラに連れていってくれた。その時見た『蝶々夫人』は、今でも覚えている。ナイフとフォークの使い方を教えてくれたのも叔母だった。中学の時、日本文学全集をプレゼントしてくれた。中高と、学校から帰ると、本を読み漁った。叔母は本の好きな人で、私の本好きも、この叔母の影響を受けてのことだ。母曰く、貧乏家のお姫様だそうだ。でも、私にとっては、叔母は、私の母親だった。

胃がんにだけはなりたくないと思うほど、叔母も、父と同じで何も喉を通らなくなり、何もないはずなのに、ひっきりなしに嘔吐しながら亡くなった。とてもお洒落で、美しい物が好きで、入院する時も、ふらふらしながらハイヒールを履いていった。私は、病室のベッドの枕元に、いつも蘭の鉢植えを飾ってあげた。蘭の花のように、気高く、気品のある人だった。

「ひとみちゃん、おコーヒーにする、それともお紅茶にする」

その素敵なフレーズが、耳に残っている。それと叔母がかもし出す甘い香り。

「叔母ちゃん、素敵な生き方を見せてくれてありがとう。ゆっくり眠ってね」

私は、水戸に帰ってきて新たな命を授かった。驚いたことに、今回は、一つではなく二つだった。この育児が、まるで小鳥のひなを育てているようで楽しかった。

離乳食を食べさせる時など、親鳥が小鳥の口にくちばしでえさを与えているようだった。隣の鳥にえさをあげていると、隣の鳥が、「ピーピー」と鳴く。私は昼ごはんは、いつも立ったまま食べていた。

双子が小学三年生になった時、祖母が認知症になった。家の中で転んで痛みが酷く、近くの病院へ連れていったら、そのまま入院することになった。痛みは少し治まったが、午前中に入院して、夕方には私の顔がわからなくなっていた。そして、ベッドから落ちないようにと付けられた柵のせいか、「牢屋から出してくれ、出してくれ」とただ叫んでいた。

祖母は、八十八歳になっていた。祖母の年になって、環境が変わることのこわさを知った。それから、家に帰ったら少し良くなるかと思って退院させ、九十二歳で亡くなるまで自宅で介護した。

認知症になった祖母の楽しみは、食べることだった。父の母だけあって、甘い物が大好きだった。それで私は、よくお饅頭を買ってきてあげた。すると、四十年近くいっしょに生活している孫の私に、「なんて良い奥さんなんでしょう」と挨拶する。少し悲しかったが、認知症になった祖母は、童女のようでかわいかった。でも、たくさん食べれば出るものも。おむつ替えが大変だった。いやがって暴れるので、一度だけ祖母のお尻をたたいたことがあった。今でも後悔している。

祖母は、老木が倒れるように、静かに息を引き取った。夜の七時に、クリームシチューとお刺身の夕食をおいしそうに残さず食べ十一時に亡くなった。生と死の境がわからないほど、眠るように亡くなった。

初孫の私をかわいがり、母が私をたたこうとすると、「鬼のような嫁だ」と言って、母を押し倒したそうだ。祖母は、男五人、女二人を育てたが子供達を、一度もたたいたことがなかったと聞いている。

私が学校から帰ると、真っ黒な手で味噌にぎりを作ってくれた祖母。お嫁に来る時は、舟に乗ってきたそうだ。明治、大正、昭和と、激動の時代を駆け抜けた。
「お疲れ様、ゆっくりお休みなさい」
木の葉が一枚ずつ落ちていくように、我が家の食卓も、寂しくなった。祖母は、
「ひとみの作る物は、みんなおいしい、おいしい」と言って食べてくれた。ある日、
出掛けるのに時間がなくて祖母の昼食を用意できなかったので、大好きな菓子パンを
「お昼に食べて」と置いていったら、帰ってきた夫に、「敏くん、今日はひとみに、お
昼を食べさせてもらえなかった」と言ったらしい。祖母にとってパンは、おやつだっ
たのだ。
そんな食欲旺盛な祖母がいなくなった我が家の食卓の穴は、ぽっかり空いて、なか
なかうまらなかった。

第三章　介護ベッド

病

介護から解放されて、身体が楽になったのも束の間、今度は自分の闘病生活が始まった。三十八歳の時だった。

突然、腹部に激痛が走った。近くの産婦人科に行ったら、国立病院を紹介され、卵巣のう腫という診断が下り、四度目の開腹となった。帝王切開が二回、盲腸が一回、そして今度で四回目。卵巣が赤ちゃんの頭位になっていたそうで、おへその上まで切開し、私のお腹には、線路が敷かれた。

しかし、痛みとの戦いは、これで終わらなかった。それから約二十年後、六畳間をころげまわるほどの激痛に襲われた。今度は、胆石だった。胆管が損傷したため、腹部を横に切開し、私のお腹は、パッチワークになった。

それから数ヶ月後、腹膜から腸が出て、ヘルニアになり、六度目の開腹となった。やっと痛みから解放されて、ほっとして元の生活に戻ることができた。手術前、二ヶ月間絶食だったので、少しスリムになり、オシャレを楽しむこともできた。

でも数年後、人生最大の試練が待ち受けていた。

突然左手に、するどいしびれを感じた。脳内出血だった。

近くの病院へ緊急搬送された。駆け付けた末娘（当時、水戸には末娘しかいなかった）が、「まるで、ドラマの一シーンを見ているようで、自分の家でこんなことが起きるなんて考えもしなかった」と、後で言っていた。お医者さんからは、「出血が止まらなければ、このまま意識が戻らず亡くなるでしょう。もし意識が戻っても、一生寝たきりでしょう」と言われたそうだ。

奇跡的に出血が止まり一命を取り留めたが、それから数年、なぜ死ななかったんだろうと思うほど、左手足の麻痺した生活は、ただただ辛かった。左手は亜脱臼していて、三角巾で吊っていた。その痛みも半端でなかった。また左空間無視で、お皿の左半分を残し、右半分だけのチューリップを描いていたそうだ。

親切な理学療法士の先生と出会い、亜脱臼も直してもらい、六ヶ月のリハビリ。その結果、装具をつけて、四点杖で歩けるようになって退院することになった。その前に一度、二、三時間だけ家に帰ることになったが私は不安だった。病院から出たくなかった。

不安は的中した。家へ帰ると、住みなれた家が「誰の家なんだろう」と、思えた。辺りも別世界。私は一人で夢の中をさ迷っていた。早く病院へ帰りたかった。

とうとう退院の日が来てしまった。

家に帰っても、しばらく夢の中を歩き続け、自分探しの旅に出ていた。どのようにして、自分を探しだしたのだろう。それはやはり、夫への愛が再び燃え上がったからだろう。私は家に戻ってから、介護ベッドを借りて一人で眠った。

いっしょになってから、Wベッドの左側にはいつも夫がいた。でも今は別々の部屋、別々のベッドで眠る。ちょっぴり寂しい気もしたが、そのほうが良かった。倒れて以来、私は夫が別人のように思えていた。夫は、とてもやさしい人だった。十八歳でいっしょに暮らし始めて、家事のできない私に代わって掃除、洗濯、私の髪のセットまで、できることは何でもしてくれた。

それなのに、私が回復してくると辛らつな言葉を浴びせるようになった。「脳が半分しかない」とか「判断力がない」とか。また、夫はせっかちなところもあったので、すぐに動けない私に暴力を振るうようになった。

私は、なぜ助かってしまったんだろう。死にたいと思った。心はズタズタだった。夫に対して心に鍵をかけるしかなかった。そして、部屋にも鍵をかけたかった。しょっちゅう部屋に入ってきては嫌味を言う。別れたかった。市役所に電話して離婚届の用紙を送ってもらった。でも、印鑑は押してもらえなかった。

夫と私、二人だけの日、夫が突然私の部屋に入ってきた。私は身がまえた。また嫌なこと言いに来たんだ。私の顔を見れば嫌みしか言わない。部屋にカギをつけたいとさえ思っていた。入ってきてほしくなかった。でも、この日は違っていた。私を思い切り抱きしめて口づけした。

「どうしたの」

夫のひょう変に、動揺した。

「君を思い切り抱きしめたかった」

私は、ふと我に返った。

この人、寂しかったんだわ。

倒れてから一年近く入院していた。夫は、毎日仕事が終わってから来てくれた。でも私は、「ありがとう」の一言も、言わなかった。突然の状況の変化についていけず、夫のことなど考えられなかった。

「ごめんね敏」

よく大変な状況を耐えてきましたね。この人にまた、十八歳の時の火の燃えさかるような愛を燃えたたせて、二人でしっかりと前を見て、残りの人生を、手をつないで歩いていこう。若いころ、道を歩く時は、いつも手をつないでいた。お腹の大きい時、歩道橋を上がる時は、後ろから押してくれた。いつも自分を大きな愛で包んでくれていた。それなのに、この日から、私の人生は百八十度変わった。

第四章　Wベッド

また明日もよろしくね

私達は、介護ベッドを返して、Wベッドを新しく買い替えた。眠りにつくまでの少しの時間、夫の仕事のぐちを聞いたり、たわいもない話をしたり、二人で行った旅行の話をしていた時、夫が「一泊二日の旅に行こう」と言った。それで、犬吠埼の灯台を見て、千葉の木更津のホテルに一泊し、次の日、夫が掘ったアクアラインを通って海ほたるに行き、波しぶきを見ながら、二人でアイスクリームを食べる。それから、東京へと上り、二人で初めて暮らした、私達のスタート地点である幡ヶ谷へ行ってみようと夫が言った。

でも、約半世紀の時の流れは、私を浦島太郎にした。地上にあった駅は、地下に潜り、いっしょにバイトした家具屋さんは、コンビニになっていた。ただ、変わらない交差点があった。横断歩道のこちらには、十八歳の私がいた。向こう側には、二十歳の夫がいる。

「おかえり」笑顔で手をふっている。

「ただいま」

青に変わると同時に走り出す。若き日の二人を玉手箱に閉じ込め、幡ヶ谷を後にして、終電が無くなるまで遊んだ新宿を車イスで散策した。五十年前、この町を車イスで歩くなんて考えもしなかった。人生って不思議なものですね。倒れる前は、二人でよく旅行したが、倒れてからは、初めての二人だけの旅だった。二人だけの素敵な思い出をつくって家路についた。夫は粗忽なところがあって、私を時々傷つけるが、変なところロマンチストでもある。

ある朝、起きると、私のハミガキコップの中に夫のハブラシが入っていた。血の気が引いた。私は、かなり神経質である。思わず娘のコップに移した。夫に聞くと、外国映画で、一つのコップに二本のハブラシが入っていたそうだ。ガ～ン。

ロマンチストな夫のエピソードといえば、最近ではこんなのがある。私のお気に入りのお店で、ロングの白いワンピースを買ってくれた時のこと。私がそれを着たのを見た夫は、突然、いつも突然だが、「もう一度、結婚式の写真を撮ろう」と言い出した。ワンピースがウェディングドレスに見えたらしい。

私は、正直いやだった。もう少しで金婚式なのに何を考えているんだろう。しかし、言い出したら聞かない人なので、末娘がかぶったブライダルベールをかぶって、バラの花で有名な七ツ洞公園で撮影会となった。

時は、折しも五月だった。見物客のいる中、仮装行列かチンドン屋のようで、逃げるようにその場を去った。

夫は、六十九歳になった今でも、六十七歳の私に、「かわいい、愛しているよ」と言ってくれる。不思議な人。

夫は今夜も私の左側で、スヤスヤ――ではなく、（結婚して、二十キロもお太りになったので）ゴーゴーと怪獣のようなうなり声をあげて寝ている。でも、そのいびきで妙に安心できる。

「おやすみ、敏くん。また明日もよろしくね」

聖書の言葉にこういう節がある。伝道の書四章九、一〇、一一節、「一人よりも二人がよい。もし一人が倒れても、もう一人が起こしてあげられる。さらに、二人がいっしょになれば温かい。一人では温かくしていられるだろうか」

この言葉の通りである。

背に熱き胸板感じ暖かな夜

半世紀の恋

カーテンの隙間から太陽の光が入ってきた。鳥のさえずりが、かすかに聞こえる。朝が、東の空から運ばれてきた。

左側に顔を向けると、夫はまだ、いびきをかいて寝ている。

目覚めた瞬間、隣に夫がいる。「結婚して良かった」と思う時、これが、夫が先に起きて、何か朝早く用事をしていると、ちょっと寂しい。敗北したような気持ちになる。自分が先に起きるのはいいのだ。幸福って、小さなことなのね。

「まだ六時か。もう少し寝よう」

幸せな眠りに入る。どの位経ったのかわからないが、突然、「八時だ、早く起きろ。九時には、家を出なくちゃならないから、すぐに飯を作れ」

ああまた、この声で起こされた。幸せな気持ちが、三〇パーセントダウンするな。

「今日は、ささみのピカタとアボカド入りの野菜サラダ。豆乳ヨーグルトには、アサイーをかけて、くだものはバナナとキウイ、そしてベーグル、温かいコーヒー入れてね」

「腹さえいっぱいになれば何でもいいよ」

「じゃー、もちでも焼いて食べていけば」

「つれないこと言うね」

キッチンに、コーヒーの良い香りがただよい朝食が始まる。朝食の間も夫は五回位、席を立つ。

「十分か十五分位の時間、じっとしていられないの。この忙しい時期、食事の時位しか話もできないじゃない。あまりほっておかれると、私、氷のようにとけてなくなっちゃうよ」

「いい表現だね。とけちゃったらこまるから、今度の休みに、どこか連れていくよ。ザラがいいかな」

ザラは、私のお気にいりの洋服屋さんなのでこれが夫の殺し文句なのだ。おわびに何か買ってくれるのかな。

「何かあったら電話するんだよ」

「何かあったら電話できないじゃない」

そんなこんなで、夫は仕事に出ていく。自分もやることがたくさんある。洗濯物をたたんだり、タブレットで落語を聴いて覚えたり、あっという間に時間が過ぎてお昼の用意、今日のお昼は、ソース焼そばは芸がないからあんかけ焼そばにしようかな。それにワカメスープ。あっという間に十二時になり、夫が帰ってくる。帰ってくると、

夫は、私を後ろから、ギューと抱きしめる。あまり強く抱きしめられ、

「苦しいからやめて」

と言うと、今度は、頬ずりする。

「やわ肌が傷つくからやめて」

と言うと、

「かわいくてしょうがないんだもの」

と言う。七十歳の夫が、六十七歳の妻に言うセリフ。まか不思議な人。でも夫は、自分が帰ってくるまで、左半身麻痺の私が一人で無事にいてくれたことがうれしいんだろう。以前にも、私はころんで大腿骨を折ったことがあったから。

その時も夫は、入院していた一ヶ月間、一日もかかさずに病院に来てくれた。病院が日立だったので、家から高速で一時間位かかる。台風で、那珂川が氾濫した時には、

「何かあったらいやだから、今日は来ないでね」

と電話した。すると夫は、

「顔を見ないと落ち着かないんだ」

と言う。仕事の忙しい時には、パソコンを持ってきて私のベッドの脇で仕事をしていた。だから、一ヶ月間、今までにない位お話できた。

「ねえあなた、どうして私と付き合おうと思ったの」

「パンツの見えそうなミニスカートで、キャンパスを走り回っていた君を、オオカミから守ろうとしたんだよ」

「そうだったの、でも、あなたがオオカミになってしまったわよね」

「まあ今は、羊を養っているんだから、カンベンしてよ」

「そうね。あなたは羊を養い、世話するやさしい羊飼いになってくれたものね」

私は夫と二人でいる時は、いつでも十八歳、最初に出会ったあの日に戻れる。

夕食が終わると、帰る時間がせまってくる。病院は、週に二回しかお風呂に入れないので夫は、私の身体を拭いてくれてパジャマに着がえさせてくれる。それから、顔を蒸しタオルで拭くと、パックを顔にのせてくれて、

「五分間、じっとしててね」

パックが終わると、四人部屋なので、辺りを見まわし、カーテンをよくしめてから、

「愛しているよ」

と小さな声でささやいて、キスして帰ってゆく。

「ありがとうあなた、今夜は、夢の中でも私に、会いに来てね」

「必ず会いに行くよ。おやすみ」

ところが、夫が三日ばかり来なかった。疲れてしまったのかな、と心配して電話すると、低体温症になってしまったと言う。

「三四・一度で、寒さとふるえで動けない」

医者にも行って薬を出してもらったそうだ。夫婦で仲良くしている友達が来てくれて、湯タンポを入れて暖めてくれて、身体が温まるような飲み物を飲ませてくれたそうだ。そして、

「おまえがいないんで、寒くて寒くてしょうがないいんだ。三時ごろまで眠れないんだ」

と言う。毎晩、私の枕を抱いて匂いをかいで寝ているという。私はあなたの湯タンポがわり、睡眠薬がわり。

「でも、ごめんねあなた、ころばないようによく注意するね」

また君に恋してる、今までよりもずっと、初めて会ったあの時よりも、半世紀近く時を経た今のほうが、私の夫への愛は、炎のように燃えさかっている。

夫の真のやさしさに気づいたから、若いころは、グイグイ手を強く引いてくれる夫に、愛されていることを感じていた。でも今は二人で手をつないで一方向に向かって、ゆっくりと歩いている。ころびそうになると、夫が支えてくれる。これからも、同じ方向を向いて歩んでいきましょうね、あなた。

退院して、元の生活に戻ったある晩、ベッドに入ってから、突然夫が、

「すしが食べたくなった。食べに行こう」

と言う。

「こんな遅くにもうやっていないんじゃないの。明日にしましょう」

「いいから目を閉じてごらん、おいしそうなおすしが流れてくるよ。おれはまぐろから」

「私はしゃけから、次はつぶ貝ね」

「次におれは、しめさば、えんがわ、びんとろ」

「私はボタえびに、赤貝、ほっき貝といくわ」

夫はまぐろ、私は貝類が好き。私は、しめは、かんぴょう巻き、夫は鉄火巻き。

「おれは次にあなご」

食べているうちに、反対にお腹がすいてきた。でもこれなら、どんなに高いねたでも平気。

でも、二度目にさそわれた時には断った。

ある日、夫のさし歯がとれた。夫は小さいころから甘い物が好き、お母さんが、

「敏は、学校から帰ってくると、お菓子を食べて、魔法びんいっぱいのお茶を飲まないと家の手伝いをしない」

と言っていた。私とデートする時も、カフェで、私はコーヒーで、彼はチョコパフェ。ウェイトレスさんが、当然私の前にチョコパフェを置く。すると、

「ああ、それこっち」

と、はずかしげもなく言う。一口もくれない。それで、自分の歯がほとんどない。

歯医者さんから帰ってくると、悲愴な顔をしていた。

「おれの歯は、手につけようがないので、インプラントしかないそうだ。入れ歯を作るとしても、入れ歯をかける歯がないそうだ」

「インプラントって、高いんじゃない」

「うん、三百万だって」

「そう、あるなら入れたら」

「ローンでも組まなきゃ無理だけど、この歳じゃ返せないしな」

「そうね。じゃあこう言うといいわ。陽向さん、インプラントどうしますかって、先生に聞かれたら、確かに先生の言うとおりインプラントにしたら、食べ物はおいしく食べられるでしょうが、残念なことに、おいしく食べるための食べ物が買えませんので、今回は、見送らせてもらいますって。そうしたら歯医者さんなんだから何とかしてくれるでしょう」

言ったかどうかわからないが、インプラントの話はなくなり、入れ歯を作っていただいた。

夫は愛しの君なれど、付き合っていると、少々疲れる。それで私は、ちょっと夫から目を逸らして、外の世界で、自分の楽しみを見つけることにした。

まず、二十四時間テレビで励まされた車イスダンスに挑戦することにした。ワルツにタンゴ、サンバ。車イスを競技用のものに乗り換える。ブレーキがなく、クルクルとよく回る。先生が、私の右手と、不自由な左手を上手にとって、登場するところから、先生は後ろに進みながら、私の右手を右に左に動かす。すると、車イスが左右に動く。顔も、ななめ上に、右に、左にと動かす。先生が私の右手を高く上げてくるりと回すと、車イスがくるりと一回転する。まるで社交界にデビューしたみたい。私は、歌って踊るのが大好き。『戦争と平和』のナターシャになった気分。

次に、昔取った杵柄で、もう一度落語にトライ。きっかけは、コロナの流行で、親しい人達と、ズームでお茶会をすることになった時のこと、一人、一人、歌でも、物まねでも、隠し芸を一つすることになった。それで私は、コロナの暗い雰囲気をはねのけるように、皆を楽しませることはないかなと思い、昔取った杵柄で、寿限無を練習して披露した。寿限無は、落語の初歩である。

「寿限無、寿限無、五劫の擦り切れ、海砂利水魚の水行末、雲来末、風来末、食う寝る所に住む所、やぶら柑子のぶら柑子、パイポ、パイポ、パイポのシューリンガン、シューリンガンのグーリンダイ、グーリンダイのポンポコピーのポンポコナーの長久命の長助、やあー」

するど、小学二年生の男の子が、「ケラケラ」と笑ってくれた（母と子でズームに参加していた）。こんな子に、落語のおもしろさがわかるのかなと思ったら、幼稚園の時に、何かの本で読んだことがあったそうだ。それから、落語に火がついて、次に「たらちね」を練習した。

そして、素人落語の演者としてボランティアに登録するまでになった。

きっかけは、ショートステイの無料体験で、一泊のお泊まり保育に行った時のことだった。夫に何かあった時などに利用できると思ったのだ。

そこで視聴覚障害者のマッサージの先生と出会った。いろんな話をしているうちに、先生が大の落語好きで、上野の鈴本演芸場にまで、落語を聴きに行っていることを話

してくれた。そして、

「水戸の銀杏坂にも寄席ができたので、聴きに行ってみたら」

と誘われた。

「そのことは私も聞いていました。実は私、学生のころ落研で、寄席に出演したいと思っていたんですよ。今でも何かの集まりの時、皆さんに聴いてもらっているんですよ」

「だったら、私たちの仲間の人達も落語が好きで、集まりの時に素人の落語家さんがボランティアで来てくれるので、陽向さんも、ぜひ登録してきて下さい」

視聴覚障害者センターにさっそく電話して登録した。すると、夫から「早く帰ってこい。眠れなかったじゃないか」と文句の電話。三食昼寝、マッサージつきで、くせになりそうなお泊まり保育を終えて家路についた。また忙しい日々が始まる。

私は、人を笑わせること、幸せにすることに喜びを感じ、落語の他に漫才も始めた。二、三年、大阪に行ってた子と知り合いになり、コンビを組んだ。お笑いの文化につかってきたせいか、ノリが良い。私のツッコミに、思った通りにボケてくれる。二人とも太めなので、コンビ名は、ダイエットシスターズ。ベイマックス一号、二号と命名し、ダイエットを題材に、これもいろいろな集まりで披露した。

コロナが少し収まり、久しぶりに親しいお友達が十人位集まった食事会でのこと。

「今日は、皆さんに、私達の漫才を聴いてもらいたいと思います。コンビ名は、ダイエットシスターズ、ベイマックス一号」

「ベイマックス二号でございます」

「今日のお題は、ダイエット産業でございます。伊藤の奥様、お久しぶり」

「まあ、陽向の奥様、お会いできてうれしいわ」

「伊藤の奥様、しばらく見ないうちに、おやせになったんじゃない」

「まあわかる？　この腕なんか、骨と皮になっちゃったわ」

「それほどではないけど少しね。どうしたの」

「あれよ。テレビショッピングでやっていたサプリを飲んだのよ」

「あら、もしかしたら、あの細くなりーな」

「そうよ。陽向の奥様も、おためしになったら」

「でも、あれ高いわよね」

「確かに、だけど、少しやせたら、オシャレを楽しめるじゃない」

「そうね、考えてみるわ。じゃあまたね」

　二週間後、

「あら伊藤の奥様どうしたの、また元にお戻りになったわね」

「そうなのよ、家族が、あまりにやせすぎて心配するから戻したのよ」

「そうよね、骨は肉でカバーされているからあまりやせ過ぎると、ころんだ時、骨にひびが入るわよ」

「そうよね、そうよね、骨に悪いわよね」

「伊藤の奥様は、いろんなダイエットをためしたんでしょう」

「ためしたわよ、まずは乗馬ダイエット、騎手になったつもりで、ムチをふりながら、機械に合わせて動くの」

「私の友達も、それを買って乗っていたけど、私も乗せてもらったことがあったわ。でも、あれって、そうとう高いんじゃない」

「うん、少し値が張ったわ」

「それで、おやせになったの」

「それが、あまりやせなかったの。乗っているとやせるだろうと思って食べちゃうからね。今じゃ、私のかわりに洋服が乗っているわ」

「あれって、洋服かけにちょうどいい高さよね」

「そうよ、丈夫だから、五十枚位かけてもだいじょうぶなのよ。陽向の奥様は、どんなダイエットをためしたの」

「私は、バナナダイエット、私はダイエットに関係なくバナナが好きなのに、あの時はくだもの屋さんから、バナナがなくなったわ。それに卵ダイエット。でも、たんぱく質過剰になったわ。ダイエットって、命がけよね。

それに、イスが回るような機械を買って腰を回すダイエットもしたけど、回し過ぎて、しん棒が折れちゃったの」

「それじゃ、機械に乗るためにダイエットしなくちゃね」

「そうよね。それに、ダイエットのための本もたくさん買ったけど、あれって、買ったらもうやせたような気がしちゃうのよね」

「そうなの、私も買ったら気がゆるんで、つい食べちゃうの。それで、今は枕がわりなんだけど、もったいないから、ガレージセールで売ろうとしたんだけど、売れなかったわ」

「それは、あたりまえよ。私やあなたが売り子だったら、この本には、ダイエットに関して、何の効果もありませんって言っているようなものじゃない」

「そうよね。そうよね」

「でも、奥様、私達は、利他的な愛に燃えているのよ」

「どうして」

「だって、私達がいなかったら、スタイルのいい人が、まあスタイルがいいわねって言われないわよ。私達、ひきたて役になっているのよ。それに私達は、くだもの屋さん、本屋さん、LLサイズの店、ダイエットサプリメーカー、機械産業などをもうけさせているのよ。それに、食べ放題の店もね」

「じゃあ、私達が太っているのって、世の中のためになっているのね」

「そうよ、私達は、機械を回しているだけじゃないのよ。世の中の経済を回しているのよ」

「そうね、そうね。それじゃ、あまりやせ過ぎたらいけないのね」

「あたりまえよ。やせたらまた、太らなくてはいけないのよ、世の中のためにね」

「骨のためにもね」

「話が、まとまったところで、私、焼き肉、すし、デザート食べ放題の割引券を持っているので、今から行かない？」

「行くわよ、行くわよ、レッツゴー」

「おあとがよろしいようで、ベイマックス一号」

「二号でした」

ある晩、ベッドに入ってから夫が、

「三月十五日が過ぎたら、どこか行きたいね」

「そうね、行きたいわね」

「今までで、一番良かったとこはどこ？」

「やっぱり、奥入瀬渓谷かな。今日が開通っていう日に八甲田山を越えたけど、雪のトンネルの中を走っているみたいで、雪の女王になった気分だったわ」

「一日早かったら、通行できなかったね」

「それから、青森の海の近くのホテルに一泊したけど、窓から、イカ釣り船の灯りが、暗い海に点々としているのが見えて、きれいだったわね」

「二人で、見入ったね」

「港の安ホテルの小さな窓だったけど、三十年以上経った今でも覚えているわ」

「僕も覚えているよ」

「あら、けっこう記憶力いいのね。昨日のことは忘れちゃうのにね」

「でも君のことは、朝から晩まで忘れないで愛しているよ」

「次の日、港で海産物をたくさん買って食べたわね。海産物でお腹がいっぱいになって、ゲップが生臭かったわ」

「それから奥入瀬渓谷を登って、十和田湖に出て、車ごと船に乗って秋田に抜けたね」

「男鹿半島で食べたさざえのつぼ焼、おいしかったわ」

「君は、食べている姿が一番美しいよ」

「また言った。食いしんぼうっていうことでしょう」

「それから、岩手に戻り、駅前のホテルに泊まって、次の日、駅前のそば屋さんで、わんこそばに挑戦したね」

「食べた人の名前と、数が『200』とか『300』とか書いてあって、私も百はいけるんじゃないかと思ったけど、五十でシャットアウトだったわ。おいしいものをたらふく食べて、素敵な景色を見て、楽しかったわ。また岩手に行きたいけど、南の方へも行ってみたいわ。あなたは、福島出身だから、旅行っていうと東北方面ばかりだものね」

「じゃー、今度、沖縄に行こうか」

「そうね、一度も行ったことないものね」

「そういえば、ハワイは楽しかったね」

「海の見えるバルコニーでのモーニング、景色も料理のうちよね。まるで外国映画を見ているみたいだったわ」朝食をすませたら、ホテルのプールで一泳ぎ、それから、道を隔てた砂浜に下りると、真っ青な海がどこまでも広がっていて、白い波が打ち寄せてきた。私は、小走りに走って海に飛び込んだ。平泳ぎで泳いでいたら、夫が一言ひどいことを言った。

「あなた、私が泳いでいるのを見て、失礼なこと言ったわよね」

「うーん、何て言ったかな」

「まあ、お忘れ。トドが泳いでいるって言ったのよ」

「そんなこと言ったかな、ごめん」

「まあいいわ。ずいぶん昔のことだから。フラダンスに、ナイトクルーズ、船の中でのディナーの後、ダンスパーティーが開かれたわね」

「君は、紫色のムームーを着て踊っていたね」

「そのムームー着て、おみやげ屋さんのぞいていたら、ダンサーとまちがえられて、サインを求められたわよね」

「そうだったね。サインしてあげれば良かったのに」

「白い砂浜に青い海、やしの実、フラダンスにナイトクルーズ、ハワイは常夏の楽園のような所だったわね。あなたのおじいさんは、東北地方が凶作の時に、ハワイに移民として渡り、さとうきびを作ったのよね」

「だから、行ってみたかったんだ。また行きたい」

「うん、でも、もう一度行きたい所の第一位は、北海道かな」

「暖かな所がいいって言ったじゃない」

「そうだけど、もう一度、斜里の砂浜に文字を書いてほしいのよ。五十年近く私と暮らした今の気持ちをね。あの時とは違うでしょう」

「それじゃ、目を閉じてごらん、斜里の砂浜が見えてきたよ。ほら書くよ。もう一度結婚するとしても、やっぱり君しかいないな、君に永遠の愛を誓うから、文句言いながらでもいいから、ついてこい」

「ここまできたんだから、最後までついていくわよ。それじゃ、夜も更けたし寝ましょうか」

「そうだね。今夜は、二人で旅行している夢を、いっしょに見ようね。おやすみ」

「おやすみなさい」

新しい喜び

最近、料理にはまっている。倒れてから、料理を作るなんて考えもしなかった。娘達が作ってくれたのを食べるだけだった。でも、ある時、料理作りに目覚めた。もともと、料理屋さんを開きたいと思うほど料理が好きだった。

娘たちが、

「かあちゃんのから揚げが食べたい」

と言った。

夫も、

「おまえの酢豚が食べたい。あと絶品のから揚げとグラタンもね」

から揚げは、にんにく、しょうが、うどんのつゆの中に、とりのもも肉をから揚げ用に切って入れ、百回もむ。

「おいしくなれ、おいしくなれ」と、気持ちを込めて。とり肉は、つけ汁に長くつけておくと、かたくなるので、味をしみこませ、肉の繊維質をやわらかくするために百回もむ。そこに卵とかたくり粉を入れてあげる。それに、野菜サラダと、おみそ汁でお夕飯。娘たちが一斉に、

「かあちゃんのから揚げだ。世界一」

涙がこぼれるほどうれしかった。夫は、

「おまえの酢豚とカニ玉は、中華料理店で食べるよりおいしい」

と言う。八宝菜、エビチリ、ホイコーロー、調味料も自分で作る。中華料理の他に、なんちゃって韓国料理。ダッカルビに、チャプチェ、あさりのスンドゥブは、お店で食べるよりおいしかった。片手でも、乱切りや厚めのスライス、せん切りなどはできるが、細いスライスやせん切りは無理。それで、スライサーやピーラーを買った。動かない左手の親指とひとさし指の間に人参をはさんで、ピーラーで皮をむいた時には、涙があふれ出た。

「左手ちゃん、ありがとう」

　肉は、キッチンばさみで切る。でも、毎日こんなものばかり作っているわけではない。お昼は、おてぬき料理、親子丼や、塩ジャケにだいこんおろしと、夕食の残りのひじきの煮物とか、豚のショウガ焼きは、時間と、お金のない時のお助け料理、高いお肉はいらない。切り落としで十分。いつも豚の切り落としはストックしておく。これさえあれば、キャベツやもやしと野菜いため、キャベツと甘みそで炒めればホイコーロー、キャベツと玉ねぎとしいたけを炒めて、あんかけにしてご飯にかければ中華丼。おいしければ良いのだ。

　そんなある日、夫が、

「このごろなんか料理が、マンネリ化していない」

「このやろう」

　腹は立つけど、横にはならない。

「右手だけで料理するって、けっこう大変なのよ。お友達は、みんな私が料理しているって聞いただけで、びっくりするのよ。片手でどうやって切るのって。当然あなたが作っていると思っていたみたいよ」

「わかりました。ごめん」

「でも、マンネリなんて言われたら、主婦の名折れよ。久しぶりにボルシチ作るから、ビーツと、サワークリーム買ってきて」

夫から電話。

「店員さんに、ビーツって何ですかと聞かれたよ」

「スーパーにはないかもね。明日、デパートに行って買ってきましょう」

水戸に一軒だけ残ったデパートでビーツを買って、薄ピンク色のボルシチを作った。ほんのり甘くて、おいしかった。ボルシチにはピロシキだけど、これは今は無理なので、フランスパンに、サラダのディナー。

「最高だね」

幸せと思う瞬間。

次の日の朝。

「モーニングできたから起きて。ささみのピカタには、ケチャップかける」

「いいよ、実家ではケチャップかけなかったから」

「あなたの家では、とり肉さえ出たことないのに、まか不思議」

夫は笑いながら、

「ピカタは、お袋の味さ」

夫のお母さん「キミイちゃん」は料理の得意な人ではないので、私は助かった。でも、つけ物とあんこは絶品。夫の実家に帰った時は、私がいつも調理人だった。今でも、福島に帰る時は、昼食を家族全員の分、作って持ってゆく。お赤飯だったり、から揚げだったり、筑前煮だったり。

このごろ私は、ラザニアをよく作る。夫が大好きだから。

ミートソースを作る時は、鍋いっぱい作る。パスタにかけたり、ミートドリアにしたり、シェパーズパイにしたり、また三月になると五目ちらしを作りたくなる。しいたけ、人参、油あげ、レンコン、かんぴょうなどを細かく切って、甘辛く煮て、すしめしに混ぜる。上には、うすやき玉子や、紅ショウガ、きぬさや、桜でんぶなどを散らす。まるでお花畑みたいで、春にはぴったり。それには、はまぐりのお吸いものといきたかったが、なかったので、ワカメときのこの吸いものに、春ぎくのごまあえ、茶わん蒸しで夕ごはん。

夫がスチームオーブンを買ってくれたので、料理の幅が広がった。二人でおいしくいただく。夫は、日本酒を飲みながら幸せそうに食べている。見ている私も、幸せ。でも夫は、おすしを半分位食べた後、昨日の残りのラザニアをかけて食べ始めた。

「まあ、なんて食べ方なの。気持ち悪い」

「実家では、この食べ方だったんだよ」

「ざけんなよ。キミイちゃん、ラザニアっていう名前さえ知らないわよ。でも今度、ラザニア作って、持っていってあげましょう」

私は大家族で育ったので、夫と二人の食卓は少しさみしい。それで、一週間に、一度か二度は、お友達を招待している。

倒れる前は、よく家族以外の人が食卓を囲んでいた。食事時に来た人には、必ず「ごはん食べていって」と言っていた。最近、山形から引っ越してきたお友達が、「いも煮が食べたい」と言ったので、山形の郷土料理いも煮と、きのこの炊き込みごはんでもてなした。コロナで外へ出られなくなったお友達にはお弁当を作って、主人にドアノブにかけてきてもらった。

大好きな料理でお友達を幸せな笑顔にするのも、今の楽しみ。人にやってもらっている時には味わうことのできなかった喜びだ。


今日は、デイケア施設にリハビリに行く日、私は、ジムに行く気分で、めいっぱいオシャレして出かける。カラーのジーパンに、ピンクや水色など、明るいパステルカラーの上着を着て、イヤリングにネックレス、ベレー帽、時にはピンクの野球帽に、ピンクのトレーナー、ジーンズで、

「私、ピンクのサウスポー、きりきりまいよ、きりきりまいよ」

と歌ったら、先生から、

「その手、右だよ」

と言われた。デイケアに来ている人達も、「あなたを見てると楽しい」と言ってくれる。ある年配の女性は、

「まるで、ディズニーの世界から飛び出してきたみたいで、かわいい」

と言ってくれた。薄むらさきの上着に薄むらさきのジーンズをはいて行った時には、リハビリの先生から、「ラプンツェルみたい」と言われた。でも私はラプンツェルを知らなかったので、帰ってきて娘に聞いたら、塔に閉じ込められたお姫様だそうだ。

それから、一つのテーマをきめてオシャレをしていくことにした。季節にもあわせて、赤い上着に白いジーンズの時は、偕楽園の観梅、黄緑のジーンズにピンクの上着の時は、咲きほこる桜、また年配の女性は、私の肌のことも、ほめてくれる。

「そんなきれいな肌、見たことないわ。つきたてのおもちみたいにまっ白で、ふわふわ」

女性だから、ほめられるのはうれしい。でも、この女性が言ってくれた、

「あなたが、そんなにかわいらしくいられるのは、あなたのご主人が、やさしくて良い人だからよね」

という一言が、私に対する最高の賛辞である。

ある朝、コロナの流行で会えなかったお友達が、久しぶりに訪れた。春の訪れのよ

うなさわやかな美人である。

「あら、おはよう。お久しぶり。元気だった？」

「おはよう、ますます元気よ。会いたかったわ」

「あら、きれいにお化粧して、出かけるところだったの」

「どこにも出かけないわ。洗顔して、クリーム塗っただけのすっぴんよ」

「まあ、お化粧している時よりきれいね」

「えー、本当、ちょううれしい」

私は、丸顔、ダンゴ鼻。お世辞にも美人とは言えない。でも、子供のころから肌だけはほめられる。

「色白は、七難隠す」と、よく言われた。春風のような美人に、朝からほめられて、豚が木に登ってしまった。

デイケアでもほめられ、友達にもほめられた私は、美肌講習会を、開くことになった。これも人が集まるきっかけとなり、ランチつきの会で、おしゃべりの輪が広がる。

まず洗顔から。私は右手しか使えないので、せっけんを泡立てることができない。

なので、ホイップクリームのような洗顔フォームを、肌をあまりこすらないように、静かに下から上になじませる。そして、ぬるま湯で顔をやさしくたたくようにしてゆすぐ。タオルは、やわらかなタオル。拭くのではなく、顔を押さえる程度にする。

クリームも高価なものでなくて良い。両頬、おでこ、あごにクリームをのせ、下から上にやさしくのばしたら、皮膚に浸透するように押さえつける。最後に、両ほっぺに手のひらで、三十秒手のひらパック、ほんの数分で終わる。

このことを毎日続けて、今の肌を七十歳過ぎてもキープしたい。このまま八十歳になっても、夫から「かわいくてしょうがない」と言われる、かわいらしい女性でありたい。

美肌講習会は、好評のうちに終わり、このことを使っている化粧品会社に、経験談として手紙に書いて出したら、商品券とともに、広告に掲載させてもらいますという感謝状が届いた。

二人で昼ごはんを食べる。今日のメニューは、たらのおぼろ煮と、チンゲン菜、エリンギ、ベーコンのオリーブ油炒めと、ワカメのみそ汁、常に野菜ときのこ、海藻類、たんぱく質を多めに、主食は少なめにしている。夫は食事が終わると、食休みもせず仕事に出かけようとしている。

「あなた、『親が死んでも食休み』よ。古希を迎えたのだから、身体に充分注意してね。右手にペン、左手に電卓を持って、一人で息絶えたなんて、哀れよ」

「はいわかりましたよ。十分位、ベッドで昼寝してから行くよ」

夫が仕事に行った後、少しゆっくりしようかと思ったけれど、空は晴れわたり、春の足音がかすかに聞こえる。じっとしていられない。片付けが趣味のような私は、エアーねじり鉢巻きで動きだす。普段から、夫の散らかしたものを、元の位置に戻したり、流し台やテーブルの上を整えたり、トイレや洗面所も、右手だけで、なんとか掃除している。

でも今日は、タンスの上を掃除しよう。タンスの上には、夫と初めて出会った時の写真から、北海道旅行に行った時、摩周湖の前で撮った写真、結婚式や新婚旅行、そして、二度目の結婚写真、一つ一つテーブルに移動して、タンスの上を拭き、写真立ても拭いて戻す。簡単にできたことも、時間がかかるけど、すっきりした。

片手だけでやる洗濯物たたみも大変、洗濯物は、夫が干してくれる。これはできない。でも、たたんでしまうのは私の役目、タオルなどは、きかない左手ですみを押さえて、右手で伸ばしてたたむ。くつ下は、二枚あわせて、左手の親指と人差し指にはさみ、右手で左手にめくりあげる。形は悪いが一つになる。娘は、「かあちゃんが、右手だけでたたんだほうが、私がたたむよりきれい」と言う。

タンスの中は、たて型収納。こうすると下からめくりあげないので、衣類が乱れない。何があるかも上から見れば一目瞭然。

洗濯物をたたみ終え、タンスにしまったら、今日も洗濯物に勝利したと勝ちどきを上げる。病で失ったものは大きいが、喜びはその何倍も大きい。

子供でも、大きくなれば一人でトイレに行くのは当たり前。でも私は違う。右手に手すりはついているが、下着やズボンを、右手だけで下ろしたり上げたりする時には、手ばなしで行なわなければならない。左足は、リハビリで立てるようになったけれど、長くは立っていられない。命がけである。だから、退院したころはあまり水分を取らなかった。トイレに行くのがこわかった。そのころは、トイレにブザーがついていて、できない時には呼び出していた。

でも、今は違う。半日位一人でいても、コーヒーやお茶を飲んで、一人でもトイレに行ける。よろっとしたら、すぐに手すりにつかまる。リハビリも、どんどん進歩している。左足も、前よりしっかりと、身体を支えてくれる。

「左足ちゃん、ありがとう。がんばっているね」

一人でトイレに今日も行けた。子供でさえ喜べないことに、大きな喜びを覚える。

また右手だけでくつ下をはき、ズボンをはき、上着を着る。子供でも、数分でできることが、最初のころ、十分から十五分かかり、いやになった。今は五分位でできるようになった。

着がえはすべて家族にやってもらっていて、それが当たり前だと思っていたが、一人で、パジャマから家着に着がえた時の喜びは大きい。着がえが終わったら、大好きな多植物に、スプレーで水をあげ、忙しい一日が始まる。何も倒れる前と変わらないじゃないと、このごろ思う。

やってもらってばかりの時には、人生が百八十度変わったように感じていた。

今は週に三日は、午後三時間リハビリに行き、その合間に家事をするので忙しい。特に、リハビリの日は、夫に食事をさせて、一時三十分までに行かなければならないので、超特急に忙しい。

でも、デイケアで、とても気の合うお友達と出会った。土曜の午後は、施設にあるカフェで、コーヒーを飲みながらおしゃべりする。

彼女も、私と同じ脳内出血で、左半身に麻痺が残った。

「私達って、子供でも普通にできることをして喜べるんだから、幸福をいつも味わえて、幸せよね。こないだなんか、きかない左手の親指と人差し指の間に、人参をはさんで、ピーラーで、左から右へ動かして、きれいに皮をむいたら、うれしくて涙がとめどなく流れ出て、お勝手で、一人で泣いちゃった。人参の皮をむいて、喜びの涙を流すなんて、世界中で私一人だと思うから、幸せよね」

「その気持ち、わかるわ」

「ありがとう。それに、失ったものをなげくのではなく、残っている機能を最大限に利用したら、けっこう生活できるわよね。またの間にはさんで、ふたを開けるとか。でも、ペットボトルのふたは、口で開けるのよ」

「そうね。でも私、それをやって歯が欠けちゃったのよ」

「まあ、お気の毒さま、やっぱり、またがいいわよね。努力の「努」は、女の又（また）の力って書くから、けっこう力が入って開くのよね」

「私も今は、そうしているわ」

「障害者にならなければ、そのほうが良かったけど、こうなったからこそ、他の人の痛みが、よりいっそうわかるようになったわ。それに、大竹さんともお友達になれたものね」

「そうね、私もうれしいわ」

「それに、リハビリって、最初は大変だと思っていたけど、今はジムにきているような気分で楽しいわ。三十分、バイクをこいでいるとスカッとするわ」

「でも、あきない？」

「頭の中で、いろんな所を走るのよ。万里の長城の上とか、セーヌの橋の上とか、赤毛のアンになった気持ちで、プリンスエドワード島の森の中とか。プリンスエドワード島は、秋が一番いいそうだから紅葉の中を走るのよ。三十分なんて、あっという間よ」

「楽しそうね」

「大竹さんも走ってみたら、これから春になるので、田舎のあぜ道を走ったら、タンポポやつくしが、こんにちは、お久しぶりってあいさつしてくるわよ」

「陽向さんって、いつも前向きね」

「でも、倒れた直後は、なぜ助かったのかなと嘆いたものよ。でも、自分でできることが増えたら、生きていて良かったと思えるようになったの。五年はかかったわ。大竹さんも一日、三回、元旦以外、リハビリの先生が迎えにくるのが辛かったけど、今は、がんばって良かったと思っていると言ってたわね」

「うん、だから今、杖で歩けるようになったもの」

「試練を乗りこえたからこそ、今喜べるのよね。今の状態をキープするためにも、リハビリがんば」

「そうね」

スマホという便利なものがあるので、最近、相ぼうとの漫才コンビに、出演依頼が殺到している。ダイエットシスターズの漫才をスマホで写したお友達が、自分のお友達に転送しているので、コンビの漫才を生で見たいという人達が増えている。

何かをしてもらっていたばかりの時は、味わうことのできなかった喜び、漫才で、笑いを提供し、料理で、舌とお腹を満足させる。「受けるより、与えるほうが幸福である」ことを実感している。


今日は、夫の実家へ帰る。年に二回、キミイお母さんを囲んで、兄弟会が開かれる。私は、十一人分の昼食を用意して帰る。まいたけの炊き込みご飯と、てり焼きチキンと春ぎくのごまあえ、ワカメともやしのナムル。実家につくと、皆が出迎えてくれた。

「よく来たね。さあ上がって」

「こんにちは、ごぶさたしております」

みんなに会えてうれしい。キミイちゃんも、車イスに乗って待っていてくれた。

「あんたは、昔と一つも変わらずかわいいね」

六十七歳の嫁へのこの一言に、心があったかくなり、目がしらが熱くなる。やさしい笑顔は、初めて会った時と変わらない。九十七歳になっても、車イスに乗っていても、お母さんだ。持ってきた昼食を皆で食べ、土湯温楽に行く夕食の席で、落語の「たらちね」を披露。みんなが笑ってくれた。キミイちゃんも、ケラケラ笑っている。幸せ。気むずかしい姑、夫に仕え、地をはうようにして畑仕事にあけくれる中、三男一女を育てた陽向家の太陽のような女性、今が一番幸せと言う。また私は、夫の長男アニキが大好き。やさしく、思いやりのある人、兄弟達が言った。お母さんのいない所で、

「あんちゃんの人生がなくなっちゃうから、かあちゃん施設に預けてもいいよ」

でも、首をたてにふらなかった。

「デイサービスに、週に何日か行ってもらって、ショートステイに、二日位行ってもらったらなんとかなる。かあちゃんとくらすことも、俺の幸せなんだ」

あんちゃんは、いろいろなサービスを使って、キミイちゃんと最後までいっしょに

この家で暮らしたいのだなと思った。夜のオムツ替えから、家にいる時は、トイレの世話までしている。頭が下がる。私にも、本当にやさしい。

「あんちゃん、倒れないでね」

私の実母は、特老で亡くなった。

一泊二日の兄弟会を終えて帰る。キミイちゃんに挨拶する。

「キミイちゃん、トシを産んでくれてありがとう、あなたがこの人を産んでくれたから、私は、この人のお嫁さんになれて、今でも、ラブラブ」

「トシ、私をお嫁さんにしてくれてありがとう。あなたが、私をお嫁さんにしてくれたから、キミイちゃんをお母さんと呼べるようになった。キミイちゃん、また来るから、その笑顔で迎えてね。百歳になってもね」

桜舞い散る季節になり、コロナのため行けなかったお花見に、何年かぶりに、気の合う仲間十人で行く。弁当は、何か一品持ち寄り、私は、から揚げ、私のから揚げ人気、お赤飯、おいなりさん、ポテトサラダ、焼き鳥、しゅうまい、カルパッチョ、春ぎくのごまあえ、豪華な花見弁当、生きている喜びを存分に味わう。お酒はないが、お茶を飲みながら。

宴もたけなわ。ここで必要なのは歌と踊り。私は、「夜桜お七」を桜舞い散る中で、歌って踊った。拍手喝采、相ぼうが箱を回す。

「ご来場の皆様のお心付けを」

箱の中に、チョコレートが入っていた。すると、思いがけない人が、最高に喜んでくれた。

「私、歌が大好きなのよ。こんな楽しいお花見初めて。それと私、都はるみと、美空ひばりが大好きなの。今度ぜひ歌ってね」

「はい、練習しておきます」

でも、はるみはなんとかいけても、ひばりはむずかしい。人生は苦難が多いほど、喜びも大きい。生きていて良かった。


ある晩の食事の時、夫が言った。

「うまい料理を食べて、うまい酒を飲んで、ひとみを見ながらなんて、おれは最高に幸せだな」

「私も、そういうあなたを見ているだけで幸せよ。でも、飲み過ぎて脂肪肝になったことがあるんだから、週に二日は牛乳をぬるめのかんにして、私で酔ってね」

「君を見ていると、いつでも酔っちゃうよ」

夫は私と付き合ってから、一度も余所見をしたことがない。私は、男の人は浮気をするもんだと思っていた。小説の中の人も、若いころ好きだった太宰も。

夫は言う。

「君以外に、興味がない」

夫から深く愛されているという確信が、夫から「かわいくてしょうがない」と言われる一番の理由。

でも、その夫がただ一度だけ余所見をしたのが森高千里。私は、とうてい敵わない相手にやきもちをやいた。

「大好きよ、敏。余所見しないで」

夫婦は、汽車の運転士と助手。運転士が疲れた時は、助手が助ける。後ろの車両には乗客たちが次々と乗ってくる。祖母だったり、叔母だったり、子供達だったり。そして次々と最寄りの駅で降りてゆく。一番辛いのが、死亡という駅で降りられること。さみしいけど、結婚という駅で降りられることはうれしい。独立という駅で降り、一人暮らしになった乗客には、がんばれとエールを送ろう。

でも、運転士と助手は、終着駅までいっしょ。

「幸せね。愛しの我が君。私達、今が満開の桜の花ね」

「君は初めて会った時から、今、目の前にいる時まで、ずっと満開の桜の花さ。永遠に散らないでね」

「ありがとう。これからもよろしくね」

「まかせとけ、文句言いながらでもいいから、おれについてこい」

夫からプレゼントされたドレスで二度目の結婚式（今は亡き愛犬と）。
ある日、自分のタブレットを見るとこの写真と共にソロモンの歌８章６節が書かれていた。「あなただけを思う気持ちは墓と同じように変わることはありません。愛の炎は燃え盛る火、ヤハの炎渦巻く水も愛を消すことはできない、川も愛を流し去ることはできない。」十代の少女のように胸がきゅーんとなった。

著者プロフィール

陽向 ひとみ（ひなた ひとみ）

昭和30年3月28日生まれ
茨城県出身、在住
職歴：バーテンダー、魚屋のパート、ヤクルト配達、おとうふ売り

Wベッドに戻る旅

2023年11月15日　初版第1刷発行

著　者　陽向 ひとみ
発行者　瓜谷 綱延
発行所　株式会社文芸社
〒160-0022　東京都新宿区新宿1－10－1
電話 03-5369-3060（代表）
03-5369-2299（販売）

印刷所　図書印刷株式会社

ISBN978-4-286-24720-5